Maxim Gorki

Das Opfer der Langweile

Максим Горький

Скуки ради

CLASSIC PAGES

M. Gorki/М. Горький

Das Opfer der Langweile/Скуки ради

zweisprachige Ausgabe/двуязычное издание

Reihe: classic pages

Auflage 2010　|　ISBN: 978-3-86267-012-3

Europäischer Literaturverlag GmbH

Umschlag: Ausschnitt aus dem Gemälde „Abend nach dem Regen" von I. I. Levitan/Обложка: „Вечер после дождя"И.И. Левитана.

www.elv-verlag.de

Das Opfer der Langweile

Скуки ради

Das Opfer der Langweile

Schwere, graue Rauchwolken ausstoßend, verschwand der Personenzug wie ein riesiges Reptil in der weiten Steppe, im gelben Getreidemeer. Mit dem Rauch des Zuges verging in der schwülen Luft das ärgerliche Geräusch, das im Verlauf einiger Minuten das gleichgültige Schweigen der weiten, öden Ebene gestört hatte, inmitten welcher die kleine Eisenbahnstation durch ihre Einsamkeit das Gefühl der Schwermut erweckte.

Und als das dumpfe, aber lebensvolle Geräusch des Zuges sich verteilte und unter der klaren Kuppel des wolkenlosen Himmels erstarb, herrschte wieder bedrückende Stille um die Station, und die melancholische Einförmigkeit der Steppe wurde durch sie erhöht.

Die Steppe war goldig-gelb, der Himmel grell-blau. Und jene, wie dieser waren unermesslich groß; die zwischen sie geworfenen, braunen Stationsgebäude machten den Eindruck einer zufälligen Färbung, die den Mittelpunkt des melancholischen Bildes verdarb, das von einem fantasie- und begeisterungslosen Künstler mit Fleiß gemalt war.

Täglich um 12 und um 4 Uhr nachmittags kommen Züge aus der Steppe auf der Station an und halten je zwei Minuten. Diese vier Minuten – sind die hauptsächliche und einzige Zerstreuung der Station: Sie bringen Eindrücke für die Beamten mit sich. In jedem Zuge ist eine Menge verschiedenartiger, verschieden gekleideter Menschen. Sie erscheinen für einen Moment; in den Waggonfenstern tauchen ihre abgespannten, ungeduldigen, gleichgültigen Gesichter auf – ein Läuten, Pfiffe – und mit nervenerregendem

Скуки ради

...Извергая клубы тяжелого, серого дыма, пассажирский поезд, как огромное пресмыкающееся, исчезал в степной дали, в желтом море хлебов. Вместе с дымом поезда в знойном воздухе таял сердитый шум, нарушавший в продолжение нескольких минут равнодушное молчание широкой и пустынной равнины, среди которой маленькая железнодорожная станция возбуждала своим одиночеством чувство грусти.

И когда глухой, но жизненный шум поезда рассеялся, замер под ясным куполом безоблачного неба, — вокруг станции снова воцарилась угнетающая тишина.

Степь была золотисто-желтая, небо — ярко-голубое. И та и другое необъятно велики; коричневые постройки станции, брошенной среди них, производили впечатление случайного мазка, портившего центр меланхолической картины, трудолюбиво написанной художником, лишенным фантазии.

Ежедневно в двенадцать дня и в четыре пополудни к станции приходят из степи поезда и стоят по две минуты. Эти четыре минуты — главное и единственное развлечение станции: они приносят с собой впечатления ее служащим.

В каждом поезде толпа разнообразных людей, разнообразно одетых. Они являются на миг; в окнах вагонов мелькнут их утомленные, нетерпеливые, равнодушные лица — звонок, свистки

Gedonner eilen sie davon in die Steppe, fernhin, in Städte, wo geräuschvolles Leben braust.

Den Stationsbeamten, die sich in ihrer Einsamkeit langweilen, ist es interessant, diese Gesichter zu sehen, und nachdem sie den Zug expediert, teilen sie einander die Beobachtungen mit, die sie im Fluge erhascht haben. Um sie herum liegt die schweigende Steppe und über ihnen der gleichgültige Himmel, und in ihrem Herzen ist ein dunkler Neid auf die Leute, welche täglich irgendwohin an ihnen vorübereilen, während sie bleiben, in der Einöde eingeschlossen, lebend wie außerhalb des Lebens, mit der Möglichkeit, Menschen nur im Verlauf von vier Minuten zu sehen.

Und so stehen sie, nachdem sie den Zug abgefertigt haben, auf dem Perron der Station, mit den Augen das schwarze Band verfolgend, das im goldenen Getreidemeer verschwindet, und schweigen unter dem Eindruck des Lebens, das an ihnen vorüberflog. Sie sind fast alle da: der Stationsvorsteher, ein gutmütiger, starker Blonder mit einem großen Kosakenschnurrbart, sein Assistent – ein rotblonder, junger Mann mit spitzem Bärtchen; der Stationswärter Lukas – klein, behänd und listig, und einer der Weichensteller, Gomosoff, ein stämmiger, breitbärtiger, schweigsamer Bauer mit ernstem, sattem Gesicht.

Auf der Bank an der Tür der Station sitzt die Frau des Vorstehers, eine kleine, dicke Person, die stark durch die Hitze leidet. Auf ihrem Schoße schläft ein Kind, und sein Gesicht ist ebenso rund und rot wie das der Mutter.

Der Zug verschwindet hinter der Biegung, und es ist, als hätte er sich in die Erde eingewühlt.

— и с грохотом они уносятся по степи, вдаль, в города, где кипит шумная жизнь.

Служащим станции любопытно видеть эти лица, и, проводив поезд, они делятся друг с другом наблюдениями, схваченными на лету. Вокруг них лежит молчаливая степь, над ними — равнодушное небо, а в их сердцах — смутная зависть к людям, которые ежедневно куда-то стремятся мимо них, тогда как они остаются, заключенные в пустыне, живя как бы вне жизни.

И вот, проводив поезд, они стоят на перроне станции, провожая глазами черную ленту, — она исчезает в золотом море хлеба, — молчат под впечатлением жизни, пролетевшей мимо них.

Они почти все тут: начальник станции — добродушный, полный блондин с большими казацкими усами; его помощник — рыжеватый молодой человек с острой бородкой; станционный сторож Лука — маленький, юркий и хитрый, и один из стрелочников — Гомозов, плотный, широкобородый, молчаливый мужик.

На скамье у двери станции сидит жена начальника, маленькая, толстая женщина, сильно страдающая от жары. На коленях у нее спит ребенок, лицо у него такое же пухлое и красное, как у матери.

Поезд скрывается под уклоном, кажется, что он зарылся в землю.

Da sagt der Stationsvorsteher, indem er sich an seine Frau wendet:

»Nun, Sonja, ist der Samowar fertig?«

»Gewiss,« antwortet sie träge und leise.

»Lukas! Bist du hier ... fege den Damm und den Perron ... sieh – was sie da allerhand hingeworfen haben ...«

»Ich weiß, Matwej Jegorowitsch ...«

»Ja ... nun denn? Wollen wir Tee trinken, Nikolaj Petrowitsch?«

»Wie gewöhnlich ...« antwortet der Assistent.

Und nach dem Mittagszuge fragt Matwej Jegorowitsch seine Frau:

»Nun, Sonja, ist das Mittagessen fertig?«

Danach erteilt er Lukas seinen Befehl, stets denselben, und ladet den Assistenten ein, der bei ihnen isst:

»Nun denn? Wollen wir Mittag essen?«

Und der Assistent antwortet angemessen:

»Wie immer ...«

Sie gehen vom Perron in die Stube, wo viele Blumen und wenig Möbel sind, wo es nach Küche und Windeln riecht, und dort, um den Tisch, sprechen sie von dem, was an ihnen vorüberflog.

»Haben Sie bemerkt, Nikolaj Petrowitsch, in der zweiten Klasse die Brünette in Gelb? Ein giftiges Stückchen!« ...

Тогда начальник станции говорит, обращаясь к жене:

— А что, Соня, самовар готов?

— Конечно, — лениво и тихо отвечает она.

— Лука! Ты тут, того... подмети полотно и перрон... видишь — сколько нашвыряли всякой всячины...

— Я знаю, Матвей Егорович...

— Да... ну, что же? Будем чай пить, Николай Петрович?

— По обыкновению, — говорит помощник.

А после провода дневного поезда Матвей Егорович спрашивал жену:

— А что, Соня, обед готов?

Потом он отдает приказание Луке, всегда одно и то же; приглашает помощника, который столуется у них:

— Ну, что же? Будем обедать?

А помощник резонно отвечает ему:

— Как всегда...

Уходят с перрона в комнату, где много цветов и мало мебели, где пахнет кухней и пеленками, и там, вокруг стола, разговаривают о том, что промелькнуло мимо них.

— Заметили, Николай Петрович, во втором классе брюнеточку в желтом? Ядовитая штукенция!..

»Nicht übel, aber geschmacklos angezogen« ... antwortet der Assistent.

Er spricht immer kurz und überzeugt, denn er hält sich für einen Menschen, der das Leben kennt und gebildet ist. Er hat das Gymnasium absolviert. Er besitzt ein Heftchen in schwarzem Kaliko; dahinein schreibt er verschiedene Aussprüche berühmter Leute, die er aus Zeitungsfeuilletons und Büchern auffischt, die ihm zufällig in die Hände kommen. Der Vorsteher erkennt seine Autorität unbestritten in allem an, was nicht den Dienst betrifft, und hört ihm aufmerksam zu. Besonders gefallen ihm die Weisheitsworte aus Nikolaj Petrowitschs Heftchen, und er ist stets treuherzig von ihnen entzückt. Die Bemerkung des Assistenten über das Kostüm der brünetten Dame ruft bei Matwej Jegorowitsch die Frage hervor:

»Steht denn Brünetten nicht Gelb?«

»Ich spreche von der Fasson, nicht von der Farbe,« erklärt Nikolaj Petrowitsch, indem er mit Akkuratesse Eingemachtes aus der Glasschale auf sein Tellerchen legt.

»Die Fasson ... das ist eine andere Sache ...« stimmt der Vorsteher bei.

Seine Frau mischt sich in die Unterhaltung, denn dies Thema liegt ihr nahe und ist ihr verständlich. Doch da der Verstand dieser Leute wenig geschärft ist, zieht sich die Unterhaltung langsam hin und regt selten ihre Gefühle auf.

Und ins Fenster sieht die Steppe, bezaubert vom Schweigen, und der Himmel, erhaben in seiner großartigen Ruhe.

— Недурна, но одета безвкусно, — отвечает помощник. Он всегда говорит кратко и уверенно, считая себя человеком, знающим жизнь и образованным. Он кончил гимназию. У него есть тетрадка в черном коленкоре; он записывает в нее разные изречения знаменитостей, вылавливая их из фельетонов газет и книг, случайно попадающих в его руки. Начальник бесспорно признает его авторитет во всем, что не касается службы, и слушает его внимательно. Особенно ему нравятся премудрости из тетрадки Николая Петровича, и он всегда простодушно восхищается ими. Замечание помощника о костюме брюнетки вызывает у Матвея Егоровича вопрос:

— Разве желтое не к лицу брюнеткам?

— Я говорю о фасоне, а не о цвете, — объясняет Николай Петрович, аккуратно накладывая варенье из стеклянной вазы себе на блюдечко.

— Фасон — это другое дело!.. — соглашается начальник.

В разговор вступает его жена, потому что эта тема близка и понятна ей. Но так как умы этих людей мало изощрены — беседа тянется медленно и редко волнует их чувства.

А в окно смотрит степь, очарованная молчанием, и небо, важное в своем великолепном спокойствии.

Fast stündlich erscheinen Güterzüge, aber die sie begleitenden Bediensteten sind längst bekannt. Alle diese Kondukteure sind halb verschlafene Menschen, erdrückt von der langweiligen Fahrt durch die Steppe. Übrigens erzählen sie manchmal von Begebenheiten auf der Strecke; auf der und der Werst wurde ein Mensch überfahren; oder sie sprechen von dienstlichen Neuigkeiten: Jener wurde bestraft, dieser befördert. Diese Neuigkeiten werden nicht beurteilt – sie werden verschlungen, wie Leckermäuler ein schmackhaftes und seltenes Gericht verschlingen.

Und die Sonne kriecht langsam vom Himmel bis an den Rand der Steppe, und wenn sie dort fast die Erde berührt, wird sie purpurn. Eine rötliche Beleuchtung liegt über der Steppe, die ein banges Gefühl der Unbefriedigung erweckt, einen unbestimmten Drang in die Ferne, fort aus dieser Öde. Dann berührt die Sonne mit dem Rande die Erde und verschwindet träge in ihr oder hinter ihr. Noch lange nachher spielt leise am Himmel die Musik lichter Farben, des Abendrots, aber es erbleicht immer mehr, und warme, schweigende Dämmerung tritt ein. Die Sterne flammen auf und zittern am Himmel, wie erschreckt durch die Langeweile auf Erden.

In der Dämmerung schrumpft die Steppe zusammen; mächtige Finsternis kriecht von allen Seiten geräuschlos auf die Station zu. Und nun kommt schwarz und finster die Nacht.

Auf der Station werden die Lichter angesteckt; heller und höher als sie alle das grünliche Licht des Semaphors. Finsternis und Schweigen um ihn.

Почти каждый час являются товарные поезда; но прислуга, сопровождающая их, давно знакома. Все эти кондуктора — люди полусонные, подавленные скучной ездой по степи. Впрочем, иногда они рассказывают о происшествиях на линии: на такой-то версте раздавили человека; или говорят о новостях по службе: тот оштрафован, этот переведен. Эти новости не обсуждаются — их пожирают, как лакомки пожирают вкусное и редкое блюдо.

Солнце медленно сползает с неба на край степи, и когда оно почти коснется земли, то становится багровым. На степь ложится красноватое освещение, возбуждающее тоскливое чувство, смутное влечение вдаль, вон из этой пустоты. Потом солнце прикасается краем к земле и лениво уходит в нее или за нее. В небе еще долго после него тихо играет музыка ярких цветов вечерней зари, но она все бледнеет, и наступают сумерки, теплые и молчаливые. Вспыхивают звезды и трепещут, точно испуганные скукой на земле.

В сумерках степь суживается; на станцию со всех сторон бесшумно ползет тьма ночи. И вот приходит ночь, черная, угрюмая.

На станции зажигают огни; ярче и выше всех зеленоватый огонь семафора. Вокруг него тьма и молчание.

Hin und wieder ertönt ein Läuten – die Ankündigung eines Zuges; der eilige Klang der Glocke zieht durch die Steppe und geht schnell in ihr unter.

Bald nach dem Läuten kommt schnell ein rotes, blitzendes Licht aus der dunklen Ferne, und die Stille in der Steppe erhebt von dem dumpfen Gedonner des Zuges, der zu der einsamen, finsternisumgebenen Station kommt.

Die untere Schicht der kleinen Gesellschaft auf der Station lebt etwas anders als die Aristokratie. Der Wärter Lukas kämpft ewig mit dem Verlangen, zu Frau und Bruder ins Dorf zu laufen, sieben Werst von der Station. Dort hat er eine Wirtschaft, wie er zu Gomosoff sagt, wenn er den schweigsamen, ernsthaften Weichensteller bittet, auf der Station für ihn den Dienst zu übernehmen.

Bei dem Worte »Wirtschaft« seufzt Gomosoff immer schwer und sagt zu Lukas:

»Gewiss, geh! Die Wirtschaft fordert Aufsicht, das ist sicher ...«

Doch der andere Weichensteller, Athanasius Jagodka, ein alter Soldat mit grauen Borsten, ein spöttischer, boshafter Mensch, glaubte Lukas nicht.

»Wirtschaft!« ruft er lachend aus. »Frau! ... Ich weiß wohl, was für eine ... Deine Frau ist wohl Witwe, was? Oder ein Soldatenweib?«

»Ach du, Vogelgouverneur!« ruft Lukas verächtlich.

Порой раздается звонок — повестка к поезду; торопливый звук колокола несется в степь и быстро тонет в ней.

Вскоре после звонка из темной дали выбегает красный сверкающий огонь, и тишина в степи содрогается от глухого грохота поезда, идущего к одинокой станции, окруженной тьмой.

Низший слой маленького общества на станции живет несколько иначе, чем аристократия. Сторож Лука вечно борется с желанием сбегать к жене и брату в деревню за семь верст от станции. Там у него хозяйство, как он говорит Гомозову, когда просит этого молчаливого и степенного стрелочника «подежурить» на станции.

При слове «хозяйство» Гомозов всегда тяжело вздыхает и говорит Луке:

— Что ж, поди. Хозяйство требует присмотра, это верно...

А другой стрелочник, Афанасий Ягодка, старый солдат с круглым, красным лицом в седой щетине, человек насмешливый и злобный, не верит Луке.

— Хозяйство! — восклицает он, усмехаясь. — Жена!.. Понимаю я, что оно такое... Жена-то у тебя вдова, что ли? Али солдатка?

— Ах ты птичий губернатор! — презрительно откликается Лука.

Er nennt Jagodka Vogelgouverneur, weil der alte Soldat leidenschaftlich Vögel liebt. Seine ganze Bude ist innen und außen mit Käfigen und Vogelhecken behängt; in ihr, wie um sie herum, ertönt den ganzen Tag unaufhörlich Vogellärm. Die von ihm gefangenen Wachteln rufen unermüdlich ihr einförmiges »podpolot«, die Stare brummen lange Reden, die verschiedenfarbigen, kleinen Vögelchen zwitschern unermüdlich, pfeifen und singen, das einsame Leben des Soldaten versüßend. Während seiner ganzen freien Zeit müht er sich mit ihnen ab und äußert, sich gegen sie freundlich und besorgt zeigend, keinerlei Interesse für seine Kameraden. Lukas nennt er Unke, Gomosow – Kozap[1], und nimmt keinen Anstand, ihnen ins Gesicht zu sagen, dass sie beide »Schürzenjäger« seien und dafür Schläge verdienten.

Lukas beachtet seine Worte wenig; gelingt es aber dem Soldaten, ihn zu erzürnen, so schimpft ihn Lukas lange und beißend: »Du grauer Kommisskerl, du Rattenfresser! Was verstehst du denn, verabschiedeter Ziegentambour? Frösche hast du dein Leben lang unter den Kanonen hervorgejagt und beim Regimentskohl Wache gestanden ... was verstehst du zu beurteilen? Geh zu deinen Wachteln, die kannst du kommandieren, Vogelkommandeur!«

Jagodka ging, nachdem er die Schimpfreden des Wärters ruhig angehört hatte, zum Stationsvorsteher, um sich über ihn zu beklagen, der aber rief, man solle ihm nicht mit solchen Bagatellen kommen, und jagte den Soldaten fort.

---

1 großrussischer Bauer

Он зовет Ягодку птичьим губернатором за то, что старый солдат страстно любит птиц. Вся будка у него, и внутри и снаружи, увешана клетками и садками; в ней, как и вокруг нее, целый день, не смолкая, раздается птичий гам. Плененные солдатом перепела неустанно кричат свое однообразное «подь-полоть», скворцы бормочут длинные речи, разноцветные маленькие птички неустанно щебечут, свистят и поют, услаждая одинокую жизнь солдата. Он возится с ними все свое свободное время и, относясь к ним ласково и заботливо, не обнаруживает никакого интереса к товарищам. Луку он зовет ужом, Гомозова — кацапом и, не стесняясь, говорит им в глаза, что оба они «бабьи прихвостни» и что следует за это бить их.

Лука на его слова мало обращает внимания, но, если солдату удастся раздражить его, Лука долго и едко ругает его:

— Гарниза ты серая, крысиный объедок! Что ты можешь понимать, отставной козы барабанщик? Гонял ты всю свою жизнь лягушек из-под пушек да полковую капусту караулил... твое ли дело рассуждать? Пошел к перепелам, птичий командир!

Ягодка, спокойно выслушав ругательства сторожа, шел жаловаться на него начальнику станции, а тот кричал, чтобы к нему не лезли с пустяками, и гнал солдата прочь.

Da fand Jagodka Lukas und fing nun seinerseits an, ihn auszuschimpfen, – ohne sich zu ereifern, ganz ruhig, mit wuchtigen, hässlichen Worten, vor denen Lukas schnell davonlief, indem er ausspie.

Gomosoff antwortete mit Seufzern auf die Anschuldigungen des Soldaten und suchte verlegen sich zu rechtfertigen:

»Was soll man machen? Dabei ist nichts zu machen ... Gewiss ... es soll nicht sein ... aber im Übrigen, richte nicht, und du wirst nicht gerichtet ...«

Einmal antwortete ihm der Soldat lächelnd:

»Jakobs Elster wiederholt immer ein und dasselbe; Richte nicht, richte nicht ... Aber wenn man andere nicht richten soll, haben die Leute ja nichts zu reden...«

Außer der Frau des Vorstehers war noch ein weibliches Wesen auf der Station – die Köchin. Sie hieß Arina, war an 40 Jahre alt und sehr hässlich: untersetzt, mit hängender Brust, immer schmutzig und abgerissen. Sie hatte einen watschelnden Gang, und in ihrem pockennarbigen Gesicht blitzten kleine, erschrockene Augen, von Runzeln umgeben. Es war etwas Sklavisches, Geschlagenes in ihrer plumpen Gestalt, und ihre dicken Lippen waren immer so gestellt, als möchte sie alle Menschen um Verzeihung bitten, sich ihnen zu Füßen werfen, und wage nicht zu weinen. Gomosoff hatte acht Monate auf der Station verlebt, ohne Arina besondere Beachtung zu schenken; wenn er ihr begegnete, sagte er ihr »Guten Tag!« sie antwortete ihm ebenso, sie wechselten zwei, drei Phrasen und gingen auseinander, jeder nach seiner Richtung. Aber einmal kam Gomosoff in die Küche des Stationsvorstehers und machte Arina den Vor-

Тогда Ягодка находил Луку и уже сам начинал ругать его — не горячась, спокойно, тяжеловесными и скверными словами, от которых Лука скоро убегал, отплевываясь.

Гомозов на обличения солдата отвечал вздохами и сконфуженно оправдывался:

— Что поделаешь? Ничего не поделаешь с этим... Конечно... баловство это... но, между прочим, не суди, да не осужден будешь...

Однажды солдат ответил ему, усмехаясь:

— Заладила сорока Якова одно про всякого! Не суди, не суди... а коли не судить, так людям не о чем и разговаривать...

Кроме жены начальника, на станции была еще одна женщина — кухарка. Звали ее Арина; ей было лет под сорок, и была она очень некрасива: коренастая, с отвислыми грудями, всегда грязная и оборванная. Она ходила, переваливаясь с ноги на ногу, и на ее рябом лице блестели узкие испуганные глазки, окруженные морщинами. Было что-то рабское, забитое в ее нескладной фигуре, толстые губы ее постоянно складывались так, точно она хотела просить прощения у всех людей, валяться в ногах у них и не смела плакать. Гомозов прожил на станции восемь месяцев, не обращая особенного внимания на Арину; встречаясь с нею, он говорил ей «здорово!». Она отвечала ему тем же, перекидывались двумя-тремя фразами и затем расходились, каждый в свою сторону. Но однажды Гомозов пришел в кухню начальника станции и предложил Арине

schlag, ihm Hemden zu nähen. Sie willigte ein, und als die Hemden fertig waren, trug sie sie ihm selbst hin.

»Schönen Dank!« sagte Gomosoff. »Drei Hemden, zehn Kopeken pro Stück, folglich hast du dreißig Kopeken zu bekommen .... Stimmt's?«

»Es ist schon so ....« antwortete Arina.

Gomosoff wurde nachdenklich und schwieg lange.

»Du bist aus welchem Gubernium?« fragte er endlich das Weib, das beständig seinen Bart angesehen hatte.

»Aus dem Rjäsanschen ....« sagte sie.

»Weither! Und wie bist du hierher gekommen?«

»So ... ich bin allein ... einsam ...«

»Dadurch kann man wohl weiterkommen ....« seufzte Gomosoff.

Und wieder schwiegen sie lange.

»So ja auch ich. Aus dem Nischnijnowgorodschen bin ich, aus dem Ssergatschewsker Kreise ....« fing Gomosoff an zu reden. »Ich bin auch allein, ganz hier. Aber ich habe eine Wirtschaft gehabt, auch eine Frau ... Kinder – zwei. Die Frau starb an der Cholera, und die Kinder einfach so ... ihre Zeit zu sterben war da, nu, und sie starben eben .... Aber ich ... fing an zu verschwenden aus Gram. Ja–a. Dann hab' ich versucht, mich wieder einzurichten – aber nein, die Maschine ist aus den Schrauben, sie arbeitet nicht. Nu, ich ging also – abseits von meinem Wege ... und schlage mich schon so im dritten Jahr durch ....«

»Es ist schlimm, wenn man kein eigenes Nest hat,« sagte Arina leise.

сшить ему рубах. Она согласилась и, сшив рубахи, зачем-то сама понесла их к нему.

— Вот и спасибо! — сказал Гомозов. — Три рубахи, по гривеннику штука, стало быть — тридцать копеек следует тебе... Верно?

— Да уж так... — ответила Арина.

Гомозов задумался и долго молчал.

— А ты какой губернии? — спросил он наконец женщину, все время смотревшую на его бороду.

— Рязанской... — сказала она.

— Издалека! А сюда как же попала?

— А так... одна я... одинокая...

— От этого и дальше можно зайти... — вздохнул Гомозов.

И снова они долго молчали.

— Вот и я тоже. Нижегородский я, Сергачского уезда... — заговорил Гомозов. — Вот и я тоже один, весь тут. А было у меня хозяйство, жена тоже была... дети — двое. Жена умерла в холеру, а дети просто так... А я того... замотался с горя. Да-а... Потом пробовал опять устроиться — ан нет, развинтилась машина, не работает. Ну и пошел... на сторону, стало быть, со своей дороги... вот и бьюсь третий год уж...

— Плохо, когда нет своего гнезда, — тихо сказала Арина.

»Was nicht noch! ... Du bist Witwe, nicht wahr?«

»Mädchen ...«

»Wie denn!« zweifelte Gomosoff offen.

»Wahrhaftig, Mädchen,« versicherte ihm Arina.

»Warum hast du dich nicht verheiratet?«

»Wer nimmt mich? Ich habe nichts ... wer hätte Vorteil davon ... dazu bin ich von Gesicht hässlich ...«

»Ja-a,« dehnte Gomosoff nachdenklich und sah sie forschend an, indem er sich den Bart strich. Dann erkundigte er sich, wie viel Lohn sie bekomme.

»Zwei und einen halben ...«

»So. Nu ... Das heißt also, dreißig Kopeken hast du von mir zu bekommen? Weißt du was ... komm doch heut Abend danach ... so um zehn Uhr, ah? Ich geb' es dir ... wir trinken Tee und erzählen uns was aus Langerweile ... Beide sind wir allein ... komm!«

»Ich komme ...« sagte sie einfach und ging.

Dann, nachdem sie genau um zehn Uhr abends zu ihm gekommen war, ging sie erst im Morgengrauen fort.

Gomosoff rief sie nicht mehr zu sich, und die dreißig Kopeken gab er ihr nicht. Sie selbst erschien bei ihm, stumpf und ergeben, sie kam und stellte sich schweigend vor ihn hin. Auf der Pritsche liegend, sah er sie an und sagte, an die Wand rückend:

»Setz' dich!«

— Еще бы!.. Ты вдовая, что ли?

— Девка...

— Где уж, чай! — откровенно усомнился Гомозов.

— Ей-богу, девка, — уверила его Арина.

— Что же замуж не вышла?

— Кто возьмет меня? Безо всего я... кому корысть... да и с лица некрасивая...

— Да-а... — задумчиво протянул Гомозов и, поглаживая бороду, стал пытливо смотреть на нее. Потом справился, сколько она получает жалованья.

— Два с полтиной...

— Так. Ну... значит, тридцать копеек тебе с меня? Вот что... ты приди-ка вечером за ними... часов этак в десять, а? Я тебе и отдам... чаю попьем, поговорим скуки ради... Оба мы одинокие... приходи!

— Приду, — просто сказала она и ушла.

Потом, придя к нему аккуратно в десять часов вечера, ушла от него уже на рассвете.

Гомозов больше не звал ее к себе и тридцати копеек ей не отдавал. Она сама явилась к нему, тупая и покорная, пришла и молча стала перед ним. Он, лежа на койке, посмотрел на нее я, подвинувшись к стене, сказал:

— Садись.

Und als sie sich gesetzt hatte, erklärte er ihr:

»Was ich dir sagen will – halte dies geheim! Dass niemand nichts – nichts ... Es wäre sonst schlimm für mich ... ich bin nicht mehr jung, und du auch ... Verstehst du?«

Sie nickte bestätigend mit dem Kopfe.

Als er sie hinausbegleitete, gab er ihr seine Sachen zum Ausbessern mit und erinnerte sie nochmals:

»Dass keine Seele – nichts – nichts ...«

So lebten sie, vor allen ihren Bund verheimlichend.

Arina stahl sich nachts beinahe auf allen Vieren zu ihm. Er nahm sie mit Herablassung an, mit Herrschermiene, und sagte zuweilen offen zu ihr:

»Aber hässlich bist du von Gesicht!«

Sie lächelte ihn schweigend, mit einem bleichen, schuldigen Lächeln an, und wenn sie von ihm ging, nahm sie fast immer irgendeine Arbeit mit, die er ihr gegeben hatte.

Sie sahen sich nicht häufig. Aber dann und wann sagte Gomosoff, wenn er sie irgendwo auf der Station traf, halblaut zu ihr:

»Komm heut ...«

Und gehorsam erschien sie bei ihm, mit einem so ernsten Ausdruck in ihrem narbigen Gesicht, als gelte es eine Pflicht zu erfüllen, deren Wichtigkeit sie begriffen hatte.

Aber wenn sie nach Hause ging, hatte ihr Gesicht schon wieder die gewöhnliche, tote Miene der Schuld und des Schreckens.

А когда она села, объявил ей:

— Ты вот что, — храни это в секрете. Чтобы никто ни-ни! А то мне будет нехорошо... я не молоденький, да и ты тоже... Понимаешь?

Она утвердительно кивнула головой.

Провожая ее, он дал ей свою одежду для починки и опять напомнил ей:

— Чтобы ни одна душа — ни-ни!

Так они и зажили, пряча от всех свою связь.

Арина прокрадывалась к нему по ночам чуть не ползком. Он принимал ее снисходительно, с видом властелина, и порой откровенно говорил ей:

— А и дурна же ты с лица!

Она молча улыбалась ему бледной, виноватой улыбкой и, уходя от него, почти всегда уносила с собой какую-нибудь работу, данную им.

Виделись они не часто. Но иногда Гомозов, встречая ее где-нибудь на станции, вполголоса говорил ей:

— Приходи сегодня...

И она покорно являлась к нему с таким серьезным выражением на своем рябом лице, как будто пришла затем, чтобы выполнить долг, важность которого стала понятна ей.

А когда шла домой, то на лице ее уже снова была обычная ему мертвая мина виновности и испуга.

Manchmal blieb sie irgendwo an einer Ecke öder einem Baum stehen und sah lange in die Steppe hinaus. Dort herrschte die Nacht, und ihr finsteres Schweigen machte das Herz schwer.

Einmal, nachdem der Abendzug fort war, arrangierte der Stationsvorstand einen Teeabend im Garten, vor den Fenstern von Matwej Jegorowitschs Wohnung, im dichten Schatten der Pappeln.

An heißen Tagen taten sie das oft, – es brachte doch etwas Abwechslung in die Monotonie ihres Lebens.

Sie tranken Tee und schwiegen, da sie bereits alle Eindrücke erschöpft hatten, die ihnen der Zug gebracht hatte.

»Heut ist es noch heißer als gestern,« sägte Matwej Jegorowitsch, mit der einen Hand seiner Frau das leere Glas reichend, während er sich mit der anderen den Schweiß vom Gesicht wischte.

Die Frau nahm das Glas und meinte:

»Es ist nur vor Langerweile, dass es heißer zu sein scheint ...«

»Hm! ... Zugeben ... es ist wirklich ... ein langweiliges Leben! In diesem Fall sind Karten gut ... aber wir sind nur unserer drei ...«

Nikolaj Petrowitsch zuckte die Schultern, kniff die Augen zusammen und sprach mit Präzision:

»Das Kartenspiel ist, einer Äußerung Schopenhauers nach, der bankerott an allen Gedanken.«

»Gewandt!« sagte Matwej Jegorowitsch wohlgefällig. »Wie war es? Der Bankerott der Gedanken ... ja-a! Und wer hat das gesagt?«

Порой она, остановясь где-нибудь в уголке или за деревом, подолгу смотрела в степь. Там царила ночь, и от сурового молчания ее на сердце становилось жутко.

Однажды, проводив вечерний поезд, станционное начальство устроило чаепитие в саду перед окнами квартиры Матвея Егоровича, в густой тени тополей.

В жаркие дни они часто делали так, — это все-таки вносило некоторое разнообразие в монотонность их жизни.

Пили чай и молчали, исчерпав впечатления, данные поездом.

— А сегодня жарче вчерашнего, — сказал Матвей Егорович, одной рукой передавая пустой стакан жене, а другой отирая пот с лица.

Жена, принимая стакан, объявила:

— Это от скуки кажется, что жарче...

— Гм! Пожалуй... действительно... Вот карты хороши в этом случае... но — нас только трое...

Николай Петрович повел плечами и, прищурив глаза, отчетливо произнес:

— Карточная игра, по выражению Шопенгауэра, есть банкротство всякой мысли.

— Ловко! — умилился Матвей Егорович. — Как это? Банкротство мысли... да-а! А кто сказал?

»Schopenhauer, ein Deutscher, ein Philosoph ...«

»Philosoph? Hm ...«

»Sind diese Philosophen – an Universitäten angestellt?« fragte Sophja Iwanowna neugierig.

»Das heißt, wie soll ich Ihnen sagen? Es ist kein Rang, sondern ... sozusagen, eine angeborene Gabe ... Philosoph kann jeder sein ... wer mit der Gewohnheit zu denken und in allem Anfang und Ende zu suchen geboren ist. Gewiss, auch an Universitäten gibt es Philosophen ... aber sie können auch einfach so sein ... können sogar Eisenbahnbeamte sein.«

»Und bekommen die viel, die an Universitäten sind?«

»Je nach ... Verstand ...«

»Aber wenn wir den Vierten hätten – könnten wir sehr nett Wint spielen!« sagte Matwej Jegorowitsch mit einem Seufzer.

Und das Gespräch brach ab.

Am blauen Himmel singen die Lerchen, auf den Pappeln hüpfen Grasmücken von Zweig zu Zweig und zirpen leise. In der Stube weint das Kind.

»Ist Arina da?« fragt Matwej Jegorowitsch.

»Gewiss ...« antwortet ihm die Frau kurz.

»Ein originelles Weib, diese Arina; beobachten Sie, Nikolaj Petrowitsch ...«

»Die Originalität – der erste Abdruck der Banalität,« sagt Nikolaj Petrowitsch wie für sich, mit gedankenvoller, nachdenklicher Miene.

— Шопенгауэр, немец, философ...

— Фи-илософ? Мм...

— А что эти философы — в университетах служат? — полюбопытствовала Софья Ивановна.

— То есть как вам сказать? Это не чин, а... так сказать, природная способность... Философом может быть всякий... кто родится с привычкой думать и во всем искать начало и конец. Конечно, и в университетах бывают философы... но они могут быть и просто так... даже служить на железной дороге.

— И много получают те, которые при университетах?

— Глядя по уму...

— Но, если бы был четвертый, — премило бы мы повинтили! — со вздохом сказал Матвей Егорович.

И разговор оборвался.

В синем небе поют жаворонки, по тополям прыгают с ветки на ветку малиновки и тихо свистят. В комнате плачет ребенок.

— Арина там? — спрашивает Матвей Егорович.

— Конечно... — кратко отвечает ему жена.

— Оригинальная баба эта Арина; вы заметьте, Николай Петрович...

— Оригинальность — первый оттиск банальности, — как бы про себя говорит Николай Петрович, имея вид задумчивый и мыслящий.

»Wie?« fragt der Vorsteher lebhaft.

Und als Nikolaj Petrowitsch den Ausspruch deutlich wiederholt, kneift er wohlgefällig die Augen zusammen, und Sophja Iwanowna sagt mit schmachtendem Stimmchen:

»Wie gut Sie sich dessen erinnern, was Sie gelesen haben ... Ich lese etwas, und am nächsten Tage – schlagen Sie mich tot – weiß ich nichts mehr davon ... Neulich las ich in der »Niwa« etwas so Interessantes, so Amüsantes, – und? Kein Wort weiß ich mehr davon!«

»Gewohnheit ...« erklärt Nikolaj Petrowitsch kurz.

»Nein, dies ist besser als das von ... Wie hieß er doch? Schopenhauer ...« sagt Matwej Jegorowitsch lächelnd. »Das kommt darauf hinaus, dass alles Neue Altes wird!«

»Und umgekehrt, denn ein Dichter hat gesagt: ›Ja, ökonomisch ist die Schöpfungsweisheit – denn alles Neue macht sie aus Altem ‹«

»Ei der Teufel! Wie Sie das ... als fiele es aus dem Siebe!«

Matwej Jegorowitsch lacht zufrieden, seine Frau lächelt hold, und Nikolaj Petrowitsch fühlt sich geschmeichelt und sucht es erfolglos zu verbergen.

»Wer hat das von der Banalität gesagt?«

»Barjatinsky, ein Dichter.«

»Und das andere?«

»Auch ein Dichter – Fofanoff.«

— Как? — оживляется начальник.

И когда Николай Петрович вразумительно повторяет изречение, он сладко щурит глаза, а Софья Ивановна томным голоском говорит:

— Как вы хорошо помните то, что читали... а я вот прочитаю и на другой день, хоть убейте, ничего не помню... Вот недавно в книжке «Нива» прочитала что-то такое интересное, такое забавное, — а что? ни слова не помню!

— Привычка, — кратко объясняет Николай Петрович.

— Нет, это лучше этого... как его? Шопенгауэра... — улыбаясь, говорит Матвей Егорович. — Выходит, что все новое будет старым!

— И наоборот, ибо один поэт сказал: «Да, экономна мудрость бытия: все новое в ней шьется из старья».

— Фу ты, черт! Как это у вас... точно из решета сыплется!

Матвей Егорович довольно смеется, его жена мило улыбается, а Николай Петрович польщен и безуспешно хочет скрыть это.

— Кто это сказал насчет банальности-то?

— Барятинский, поэт.

— А другое?

— Тоже поэт — Фофанов.

»Gewandte Leute!« lobt Matwej Jegorowitsch die Dichter und wiederholt den Doppelvers mit einem Lächeln der Zufriedenheit im Gesicht.

Es ist, als spiele die Langeweile mit ihnen, – sie lässt sie für einen Augenblick aus ihrer engen Umarmung los und umfängt sie von Neuem. Dann schweigen sie wieder, keuchend vor Hitze, die der Tee noch vermehrt.

Stille auf der Station. In der Steppe – nur Sonne.

»Ja, ich sprach von Arina ...« erinnert sich Matwej Jegorowitsch. »Eine sonderbare Person, seh' ich sie an, muss ich mich wundern. Sie ist wie auf den Kopf gefallen, lacht nicht, singt nicht, spricht wenig ... ein richtiger Klotz! Aber sie arbeitet sehr gut und gibt sich so mit Lola ab, wissen Sie, passt so auf das Kind auf...«

Er spricht leise, weil er nicht will, dass Arina seine Worte durch das Fenster hört. Er weiß, dass man Dienstboten nicht loben muss, wenn man nicht will, dass sie sich zu viel herausnehmen. Die Frau unterbricht ihn, indem sie bedeutungsvoll das Gesicht verzieht:

»Nun, lass gut sein ... Du weißt nicht alles von ihr.«

Sklavin der Liebe,
Bin ich so schwach
Im Kampf mit Dir,
O Dämon mein! –

singt Nikolaj Petrowitsch leise im Rezitativ, mit dem Löffel auf dem Tisch den Takt schlagend. Er lächelt.

»Was, was heißt das? Sie ... nu, nu, das lügt ihr beide denn doch.«

— Ловкачи! — одобряет поэтов Матвей Егорович и нараспев, с улыбкой удовольствия на лице, повторяет двустишье.

Скука как бы играет с ними, — на минуту освободит их от своих тесных объятий и снова обнимет. Тогда опять они молчат, отдуваясь от жары, увеличиваемой чаем.

В степи — только солнце.

— Да, так я заговорил об Арине, — вспоминает Матвей Егорович. — Странная эта баба, смотрю я на нее и удивляюсь. Точно ее пришибло чемто, не смеется она, не поет, говорит мало... пень какой-то. Но между тем она очень хорошо работает и так, знаете, возится с Лелей, так внимательна к ребенку...

Он говорит тихо, не желая, чтобы Арина через окно услыхала его слова. Он знает, что нельзя хвалить прислугу, если не хочешь, чтобы она зазналась. Жена перебивает его, многозначительно хмурясь:

— Ну, уж ты оставь... ты не все знаешь о ней!

Любви раба,
Я так слаба
В борьбе с тобой,
О демон мой! —

тихонько и речитативом напевает Николай Петрович, отбивая такт по столу ложкой. Он улыбается.

— Что, что такое? Она... ну, ну, это вы уж врете оба!

Und Matwej Jegorowitsch lacht laut. Seine Backen zittern, und Schweißtropfen rinnen schnell von der Stirn.

»Das ist gar nicht einmal lächerlich!« unterbricht ihn seine Frau. »Erstens hat sie das Kind unter den Händen, und zweitens, sieh, was für Brot? Versäuert, verbrannt ... Und warum?«

»Ja–a, das Brot ist wirklich nicht so ... Sie muss zur Rede gestellt werden! Aber, wahrhaftig! Das ... das habe ich nicht erwartet! Sie ist ja Teig! Ach, hol' der Teufel! Aber er, wer ist er? Lukaschka? Ich werd' ihn aber auslachen, den alten Teufel! Oder Jagodka? Aha, die rasierte Lippe!«

»Gomosoff ...« sagt Nikolaj Petrowitsch kurz.

»Nu–u? Solch ehrbarer Bauer? Oho? Erfindet ihr da nichts, ah?«

Diese höchst lächerliche Geschichte beschäftigt Matwej Jegorowitsch sehr. Bald lacht er laut mit feuchten Augen, bald spricht er ernsthaft von der Notwendigkeit, den Verliebten strenge Vorhaltungen zu machen, dann stellt er sich die zärtlichen Unterhaltungen zwischen ihnen vor und lacht wieder betäubend. Schließlich wird er ganz fortgerissen. Da macht Nikolaj Petrowitsch ein strenges Gesicht, und Sophja Iwanowna unterbricht ihn heftig.

»Ach, Teufel! Nu, ich werde sie aber auslachen! Das ist interessant ...« lässt Matwej Jegorowitsch nicht nach.

Lukas erscheint und meldet:

»Der Telegraf klopft ...«

»Ich komme. Melde Nr. 42.«

И Матвей Егорович громко хохочет. Щеки у него трясутся, и со лба быстро стекают капельки пота.

— Это совсем даже не смешно! — останавливает его жена. — Во-первых, у нее на руках ребенок; во-вторых — видишь, хлеб какой? Перекис, подгорел... А почему?

— Да-а, хлеб действительно не того... нужно ей сделать внушение! Но, ей-богу! это... отого я не ожидал! Она ведь тесто! Ах ты, черт возьми! Но он, кто он? Лукашка? Я ж его высмею, старого черта! Или это Ягодка? А-а, бритая губа!

— Гомозов... — кратко говорит Николай Петрович.

— Ну-у? Такой степенный мужик? О-о? Да вы не того — не сочиняете, а?

Матвея Егоровича очень занимает эта уморительная история. Он то хохочет с увлажненными глазами, то серьезно говорят о необходимости сделать влюбленным строгое внушение, потом представляет себе нежные разговоры между ними и снова оглушительно хохочет.

Наконец он увлекается. Тогда Николай Петрович делает строгое лицо, а Софья Ивановна круто обрывает мужа.

— Ах, черти! Ну и посмеюсь же я над ними! Это интересно... — не унимается Матвей Егорович.

Является Лука и докладывает:

— Телеграп стучит...

— Иду. Давай повестку сорок второму.

Bald kommt er mit dem Assistenten auf die Station, wo Lukas das Glockenzeichen gibt. Nikolaj Petrowitsch setzt sich an den Apparat und fragt bei der nächsten Station an: »Kann ich Zug Nr. 42 expedieren,« und sein Vorsteher geht im Bureau umher, lächelt und sagt:

»Wir machen uns einen Spaß mit den Teufeln ... lachen wenigstens ein bischen aus Langerweile ...«

»Das ist erlaubt ...« sagt Nikolaj Petrowitsch beistimmend, indem er mit dem Apparat hantiert.

Er weiß, dass sich ein Philosoph lakonisch ausdrücken muss.

Die Möglichkeit zu lachen bot sich ihnen bald.

Einmal nachts kam Gomosoff zu Arina in den Keller, wo sie auf sein Geheiß und mit Erlaubnis Sophja Iwanownas sich inmitten verschiedenen Wirtschaftsgerümpels ein Lager hergerichtet hatte. Hier war es feucht und kühl, und zerbrochene Stühle, Zuber, Bretter und allerhand Hausrat nahmen in der Dunkelheit erschreckende Formen an; und wenn Arina zwischen ihnen allein war – fürchtete sie sich so, dass sie kaum schlief und, mit offenen Augen auf einem Bund Stroh liegend, die Gebete vor sich hinflüsterte, die sie kannte.

Gomosoff kam, drückte sie lange und schweigend, und als er müde war, schlief er ein. Aber bald weckte ihn Arina mit aufgeregtem Flüstern:

»Thimothej Petrowitsch! Thimothej Petrowitsch!«

»Nu?« fragte Gomosoff im Schlaf.

Скоро он с помощником уходит на станцию, где Лука дробно отбивает в колокол повестку. Николай Петрович садится к аппарату, запрашивая соседнюю станцию: «могу ли отправить поезд № 42», а его начальник ходит по конторе, улыбается и говорит:

— А мы с вами вышутим их, чертей... все-таки, скуки ради, посмеемся хоть немного...

— Это позволительно!.. — соглашается Николай Петрович, действуя ключом аппарата.

Он знает, что философ должен выражаться лаконически.

Им очень скоро представилась возможность посмеяться.

Как-то раз ночью Гомозов пришел к Арине на погреб, где она, по его приказанию и с разрешения начальницы, устроила себе постель среди различного хозяйственного хлама. Тут было сыро и прохладно, а изломанные стулья, кадки, доски и всякая рухлядь принимали в темноте пугающие очертания; а когда Арина была одна среди них — ей было до того страшно, что она почти не спала и, лежа на снопах соломы с открытыми глазами, все шептала про себя молитвы, известные ей.

Гомозов пришел, долго и молча мял и тискал ее, а когда устал, то заснул. Но скоро Арина разбудила его тревожным шепотом:

— Тимофей Петрович! Тимофей Петрович!

— Ну? — сквозь сон спросил Гомозов.

»Sie haben uns eingeschlossen ...«

»Wieso?« fragte er, aufspringend.

»Sie sind gekommen und ... mit dem Schloss ...«

»Du lügst ...« flüsterte er zornig und erschrocken und stieß sie von sich.

»Sieh selbst nach,« sagte sie ergeben.

Er stand auf und ging nach der Tür, an alles stoßend, was er auf dem Wege traf, gab ihr einen Stoß und sagte nach einer Weile finster:

»Das ist der Soldat ...«

Hinter der Tür erschallte frohlockendes Gelächter.

»Lass mich hinaus!« bat Gomosoff laut.

»Was?« ertönte die Stimme des Soldaten.

»Lass hinaus, sage ich ...«

»Am Morgen lassen wir dich heraus,« sagte der Soldat und ging fort.

»Ich habe Dienst, Teufel!« rief Gomosoff ärgerlich und dringend.

»Ich übernehme ihn ... sitze, kehr' dich an nichts ...«

Und der Soldat ging.

»Ach, Hund!« flüsterte der Weichensteller beklommen. »Wart! ... einschließen kannst du mich doch nicht ... Der Vorsteher ist da ... was wirst du ihm sagen? Er fragt – wo ist Gomosoff, – ah? Antwort' ihm dann ...«

— Заперли нас...

— Как так? — спросил он, вскакивая.

— Подошли и... замком...

— Врешь ты! — испуганно и гневно шепнул он, отталкивая ее от себя.

— Погляди сам, — покорно сказала она.

Он встал и, задевая за все, что встречалось на пути, подошел к двери, толкнул ее и, помолчав, угрюмо сказал:

— Это солдат...

За дверью раздался ликующий хохот.

— Выпусти! — громко попросил Гомозов.

— Что? — раздался голос солдата.

— Выпусти, мол...

— Утром выпустим, — сказал солдат и пошел прочь.

— Дежурство у меня, черт! — сердито и умоляюще крикнул Гомозов.

— Я подежурю... сиди, знай!..

И солдат ушел.

— Ах, собака! — с тоской прошептал стрелочник. — Погоди... запирать меня все-таки ты не можешь... Есть начальник... что ты ему скажешь? Он спросит — где Гомозов — а? Вот ты и отвечай ему тогда...

»Aber der Vorsteher hat es ihm ja selbst befohlen,« sagte Arina leise und hoffnungslos.

»Der Vorsteher?« fragte Gomosoff erschrocken dagegen. »Weshalb denn er?« Und nachdem er eine Zeit lang geschwiegen, schrie er sie an: »Du lügst!«

Sie antwortete mit einem schweren Seufzer.

»Was soll nur daraus werden?« fragte der Weichensteller, indem er sich auf einen Zuber neben der Tür setzte. »Welche Schande für mich! Und alles du, Teufelsbraten, alles du ... o–o!«

Er drohte mit der zur Faust geballten Hand nach der Seite, woher ihr Atem kam. Sie aber schwieg.

Feuchte Finsternis umgab sie, Finsternis, durchdrungen vom Geruch des Sauerkohls, Schimmels und noch etwas Scharfem, das die Nase kitzelte. Durch die Türspalten drangen Streifen Mondlichts. Hinter der Tür donnerte der Güterzug, der die Station verließ.

»Was schweigst du, Gespenst?« sagte Gomosoff hämisch und verächtlich. »Was wird jetzt mit mir? Hast es verursacht und schweigst? Denk' nach, Teufel, was machen wir? Wo soll ich hin vor Schmach? Ach, Herr, mein Gott! Wozu hab' ich mich mit einer solchen eingelassen! ...«

»Ich werde um Verzeihung bitten,« erklärte Arina leise.

»Nu?«

»Vielleicht verzeihen sie ...«

— Да это, поди-ка, начальник сам и велел ему, — тихо и безнадежно сказала Арина.

— Начальник? — испуганно переспросил Гомозов. — Зачем же это ему? — И, помолчав, он крикнул ей: — Врешь ты!

Она ответила тяжелым вздохом.

— Что же это будет? — спросил стрелочник, усаживаясь на кадку около двери. — Срам-то мне какой! А все ты, уродина чертова, все ты это... у-у!

Сжав кулак, он погрозил в сторону, откуда доносился звук ее дыхания. Она же молчала.

Сырая тьма окружала их, — тьма, пропитанная запахом кислой капусты, плесени и еще чего-то острого, щекотавшего нос. В дверь сквозь щели пробивались ленты лунного света. За дверьми грохотал товарный поезд, уходивший со станции.

— Что молчишь, кикимора? — заговорил Гомозов со злобой и презрением. — Как теперь я буду? Наделала делов и молчишь? Думай, черт, что будем делать? Куда от сраму мне деваться? Ах ты, господи! На что я связался с этакой!..

— Я прощения попрошу, — тихо объявила Арина.

— Ну?

— Может, простят...

»Was hab' ich davon? Nu, dir verzeihen sie, nu? Bleibt denn die Schande auf mir oder nicht? Werden sie mich auslachen?«

Nachdem er eine Weile geschwiegen, fing er wieder an ihr Vorwürfe zu machen und sie zu beschimpfen. Und die Zeit verging mit grausamer Langsamkeit. Endlich bat ihn das Weib mit einem Beben in der Stimme:

»Verzeih mir, Thimothej Petrowitsch!«

»Verzeihen mit einem Zaunpfahl an deinen Schädel!« brüllte er los.

Und wieder trat finsteres, niederdrückendes Schweigen ein, voll dumpfen Leidens und Zornes für die beiden, im Finstern eingeschlossenen Leute.

»Herrgott! Würde es doch bald Licht,« flehte Arina beklommen.

»Schweig du ... ich werde dir ein Licht anstecken!« drohte ihr Gomosoff und fiel wieder mit schweren Vorwürfen über sie her. Dann trat die Tortur der Stille und des Schweigens ein. Und die Grausamkeit der Zeit wurde mit dem Nahen der Dämmerung immer schlimmer, als zögere jede Minute zu entfliehen vor Freude an der lächerlichen, schmachvollen und schweren Lage dieser Leute.

Gomosoff schlummerte schließlich ein und erwachte von einem Hahnenschrei, der neben dem Keller ertönte.

»He, du ... Hexe! Schläfst du?« fragte er dumpf.

»Nein,« antwortete Arina mit einem schweren Seufzer.

»Aber ich würde doch einschlafen!« schlug ihr der Weichensteller ironisch vor. »Ach, – du ...«

— Да мне что из того? Ну, простят тебя, ну? Ведь срам-то на мне останется или нет? Надо мной смеяться-то будут?

Помолчав, он снова начинал укорять и ругать ее. А время шло жестоко медленно. Наконец женщина с дрожью в голосе попросила его:

— Прости ты меня, Тимофей Петрович!

— Колом бы тебя по башке простить! — зарычал он.

И опять наступило молчание, угрюмое, подавляющее, полное тупой боли для двух людей, заключенных во тьме.

— Господи! хоть бы светало скорее, — тоскливо взмолилась Арина.

— Молчи ты... я те вот засвечу! — пригрозил ей Гомозов и снова начал бросать в нее тяжелыми укорами. Потом наступила пытка тишиной и молчанием. А жестокость времени все увеличивалась с приближением рассвета, точно каждая минута медлила исчезнуть, наслаждаясь смешным положением этих людей.

Гомозов задремал наконец и проснулся от крика петуха, раздававшегося рядом с погребом.

— Эй, ты... ведьма! Спишь? — глухо спросил он.

— Нет, — тяжелым вздохом ответила Арина.

— А то бы заснула! — с иронией предложил стрелочник. — Эх ты...

»Thimothej Petrowitsch,« rief Arina fast wimmernd, »sei mir nicht böse! Hab' Mitleid mit mir! Ich bitte dich um Christi, um Gottes willen – hab' Mitleid! Ich bin ja allein, ganz allein! Und du hast mir ... du mein Lieber – du hast mir doch ...«

»Heul' nicht, mach' die Leute nicht lachen!« unterbrach Gomosoff streng das hysterische Geflüster des Weibes, das ihn ein wenig besänftigte. »Schweig' schon ... wenn Gott geschlagen hat ...«

Und wieder erwarteten sie schweigend jede folgende Minute. Aber die Minuten vergingen, ohne ihnen etwas zu bringen. Da endlich blitzten Sonnenstrahlen durch die Türritzen und durchschnitten wie glänzende Fäden das Dunkel im Keller. Bald erschallten Schritte am Keller. Jemand kam an die Tür, stand ein Weilchen und entfernte sich.

»P ... Peiniger!« brüllte Gomosoff auf und spie aus. Wieder schweigendes, gespanntes Warten ...

»Herrgott! ... erbarme dich ...« flüsterte Arina.

Es war, als schliche man sich leise an den Keller heran ... Das Schloss klirrt, und die strenge Stimme des Vorstehers erschallt:

»Gomosoff! Nimm Arina an die Hand und komm heraus, nun, rasch!«

»Komm!« sagte Gomosoff halblaut.

Arina kam und stellte sich gesenkten Kopfes neben ihn.

Die Tür öffnete sich, vor ihnen stand der Stationsvorsteher. Er verbeugte sich und sagte:

— Тимофей Петрович, — почти взвизгнув, воскликнула Арина, — не сердись ты на меня! Пожалей ты меня! Христом богом прошу — пожалей! Одна ведь я, одна-то одинешенька! И ты мне... родной ты мой — ведь ты мне...

— Не вой — не смеши людей-то! — строго остановил Гомозов истерический шепот женщины, несколько смягчавший его. — Молчи уж... коли бог убил...

И снова они молча ждали каждой следующей минуты. Но минуты шли, не принося им ничего. Вот наконец в щелях двери сверкнули лучи солнца и блестящими нитями прорезали тьму на погребе. Вскоре около погреба раздались шаги. Кто-то подошел к двери, постоял и удалился.

— М-мучители! — замычал Гомозов и плюнул. Снова ожидание, молчаливое и напряженное.

— Господи!.. помилуй... — прошептала Арина.

Как будто тихо подкрадываются к погребу... Гремит замок, и раздается строгий голос начальника:

— Гомозов! Бери Арину за руку и выходи — ну, живо!..

— Иди ты! — вполголоса сказал Гомозов. Арина подошла и, опустив голову, стала рядом с ним.

Дверь отворилась, перед ней стоял начальник станции. Он кланялся и говорил:

»Ich gratuliere zur rechtmäßigen Vermählung! Bitte, kommt! Musikanten – spielt!«

Gomosoff tat einen Schritt über die Schwelle und blieb stehen, betäubt von einem Ausbruch albernen, absurden Lärms. Hinter der Tür standen Lukas, Jagodka und Nikolaj Petrowitsch.

Lukas schlug mit der Faust auf einen Eimer und brüllte etwas im Bockstenor. Der Soldat blies sein Horn, und Nikolaj Petrowitsch schwenkte mit der Hand durch die Luft, blies die Backen auf und machte mit den Lippen wie eine Trompete:

»Bum! Bum! Bum – bum – bum!«

Der Eimer dröhnte, das Horn wimmerte und heulte. Matwej Jegorowitsch lachte, sich die Seiten haltend. Auch sein Assistent lachte bei Gomosoffs Anblick, der verwirrt, mit grauem Gesicht und einem verlegenen Lächeln auf den zitternden Lippen, vor ihnen stand. Hinter ihm stand Arina regungslos, wie versteinert, den Kopf tief auf die Brust gesenkt.

»Thimotheus hat Arina
süße Worte zugeflüstert« ...

sang Lukas irgendwelchen Unsinn und schnitt Gomosoff widerliche Grimassen. Und der Soldat näherte sich Gomosoff, setzte ihm sein Horn ans Ohr und blies – blies.

»Nun, kommt ... nun ... gib ihr den Arm!« rief der Stationsvorsteher, der vor Lachen platzen wollte. Auf der Treppe saß seine Frau und wiegte sich hin und her, indem sie quiekend rief: »Motja ... genug ... ach! Ich sterbe!«

— С законным браком поздравляю! Пожалуйте! Музыка — играй!

Гомозов шагнул через порог и остановился, оглушенный взрывом нелепого шума. За дверью стояли Лука, Ягодка и Николай Петрович.

Лука бил кулаком по ведру и козлиным тенором орал что-то; солдат играл на своем рожке, а Николай Петрович махал в воздухе рукой и, надув щеки, делал губами, как труба:

— Пум! Пум! Пум-пум-пум!

Ведро дребезжало, рожок выл и ревел. Матвей Егорович хохотал, взявшись за бока. Хохотал и его помощник при виде Гомозова, растерянно стоявшего перед ними, с серым лицом и сконфуженной улыбкой на дрожащих губах. За ним неподвижно, точно каменная, стояла Арина, опустив голову низко на грудь.

Тимофею да Орина
Сладки речи говорила... —

пел Лука ерунду и строил Гомозову отвратительные рожи. А солдат придвинулся к Гомозову и, подставив рожок к его уху, играл, играл.

— Ну, идите... ну... под руку бери ее!.. — кричал начальник станции, надрываясь от хохота. На крыльце сидела жена и качалась из стороны в сторону, визгливо вскрикивая:

— Мотя... будет... ах! умру!

»Dass ich Dich wiederseh',
dulde ich Leid und Weh!«

sang Nikolaj Petrowitsch Gomosoff gerade ins Gesicht.

»Hurra den Neuvermählten!« kommandierte Matwej Jegorowitsch, als Gomosoff einen Schritt vorwärts machte. Und alle vier kreischten einträchtig »hurra!«, wobei der Soldat mit Bassstimme brüllte.

Arina ging hinter Gomosoff, den Kopf erhoben, den Mund offen und die Arme am Leib niederhängend. Ihre Augen blickten stumpf geradeaus, aber sie sahen kaum etwas.

»Motja, befiehl ihnen ... sich zu küssen! ... ha, ha, ha!«

»Neuvermählte, bitte!« rief Nikolaj Petrowitsch, und Matwej Jegorowitsch lehnte sich sogar an einen Baum, denn er konnte sich vor Lachen nicht auf den Füßen halten. Und der Eimer dröhnte, das Horn heulte, brüllte, neckte, und Lukas sang, dazu tanzend:

»Und recht dick hast Du, Arina,
uns die Grütze eingekocht!«

Und Nikolaj Petrowitsch machte wieder mit den Lippen:

»Bum – bum – bum! Tra – ta – ta! Bum! Bum!
Tra – ra – ra!«

Gomosoff war bis an die Kasernentür gelangt und verschwand dahinter. Anna blieb auf dem Hofe, von den wie besessenen Leuten umringt. Sie grölten, lachten, pfiffen ihr in die Ohren und sprangen in einem Anfall sinnlosen Vergnügens um sie herum. Sie stand vor ihnen mit unbeweglichem Gesicht, zerzaust, schmutzig, kläglich und lächerlich zugleich.

За миг свиданья
Терплю страданья! —

пел Николай Петрович под самым носом Гомозова.

— Ур-ра новобрачным! — скомандовал Матвей Егорович, когда Гомозов шагнул вперед. И все четверо дружно гаркнули «ура», причем солдат кричал ревущим басом.

Арина шла за Гомозовым, подняв голову, раскрыв рот и свесив руки вдоль корпуса. Глаза у нее тупо смотрели вперед, но едва ли видели что-нибудь.

— Мотя, вели им... поцеловаться!.. ха, ха, ха!

— Новобрачные, горько! — закричал Николай Петрович, а Матвей Егорович даже прислонился к дереву, ибо от смеха не мог держаться на ногах. А ведро все грохотало, рожок выл, ревел, дразнил, и Лука, приплясывая, пел:

А и густо ты, Орина,
Да нам кашу наварила!

И Николай Петрович снова делал губами:

— Пум-пум-пум! Тра-та-та! Пум! пум! Тра-ра-ра!

Гомозов дошел до двери в казарму и скрылся. Арина осталась на дворе, окруженная беснующимися людьми. Они орали, хохотали, свистали ей в уши и прыгали вокруг нее в припадке безумного веселья. Она стояла перед ними с неподвижным лицом, растрепанная, грязная, и жалкая, и смешная.

»Der Neuvermählte ist ausgerissen, aber sie ist geblieben,« rief Matwej Jegorowitsch seiner Frau zu, indem er auf Arina zeigte, und krümmte sich wieder vor Lachen.

Arina wandte den Kopf nach ihm und ging an der Kaserne vorüber – in die Steppe. Pfeifen, Geschrei, Lachen begleiteten sie.

»Genug! Lasst sein!« rief Sophja Iwanowna. »Lasst sie zu sich kommen! Das Mittagessen muss bald bereitet werden.«

Arina ging in die Steppe, dorthin, wo hinter der Grenzlinie ein borstiger Streifen Korn stand. Sie ging langsam, wie ein Mensch, der tief in Gedanken versunken ist.

»Wie, wie?« befragte Matwej Jegorowitsch die Teilnehmer an diesem Spaße, die einander verschiedene kleine Einzelheiten des Betragens der Neuvermählten erzählten. Und alle lachten. Kaum dass Nikolaj Petrowitsch sogar Zeit und Stelle fand, einen kleinen Weisheitsspruch einzuschalten:

»Zu lachen keine Sünde ist
über das, was wirklich lächerlich ist,«

sagte er zu Sophja Iwanowna und fügte mit Bedeutung hinzu:

»Aber viel lachen ist schädlich.«

An jenem Tage wurde auf der Station viel gelacht, aber schlecht zu Mittag gegessen, weil Arina nicht zum Kochen erschien und Sophja Iwanowna selbst das Essen bereiten musste. Aber auch das schlechte Mittagsessen verdarb nicht die gute Laune.

— Новобрачный удрал, а... она осталась, — кричал Матвей Егорович жене, указывая на Арину, и снова корчился от хохота.

Арина повернула к нему голову и пошла мимо казармы — в степь. Свист, крик, хохот провожали ее.

— Будет! Оставьте! — кричала Софья Ивановна. — Дайте ей очухаться! Обед нужно готовить.

Арина уходила в степь, туда, где за линией отчуждения стояла щетинистая полоса хлеба. Она шла медленно, как человек, глубоко задумавшийся.

— Как, как? — переспрашивал Матвей Егорович участников этой шутки, рассказывавших друг другу разные мелкие подробности поведения новобрачных. И все хохотали. А Николай Петрович даже тут нашел время и место вставить маленькую мудрость:

Смеяться, право, не грешно
Над тем, что кажется смешно! —

сказал он Софье Ивановне и внушительно добавил: — Но много смеяться — вредно!

Смеялись на станции в тот день много, но обедали плохо, потому что Арина не явилась стряпать и обед готовила сама начальница станции. Но и дурной обед не убил хорошего настроения.

Gomosoff verließ die Kaserne nicht, bis er Dienst hatte, und als er kam, wurde er in das Bureau des Vorstehers gerufen, und dort, beim Lachen Matwej Jegorowitschs und Lukas', fing Nikolaj Petrowitsch an ihn auszufragen, wie er seine Schöne »angezogen« habe.

»Der Originalität nach – ist der Sündenfall Nr. 1,« sagte Nikolaj Petrowitsch zum Vorsteher.

»Ein Sündenfall ist es auch,« sagte der ehrbare Weichensteller, verdrießlich lächelnd. Er begriff, dass er weniger ausgelacht werden würde, wenn er es verstände, sich über Arina lustig zu machen. Und er erzählte.

»Zuerst hat sie mir immer zugeblinzelt ...«

»Zugeblinzelt? Ha – ha – ha! Nikolaj Petrowitsch, stellen Sie sich doch vor, wie sie mit dieser Fr–ratze ihm zugeblinzelt haben muss? Reizend!«

»Gewiss, sie blinzelt mir zu, ich seh' es und denke bei mir – du spaßest! Danach sagt sie also, wenn du willst, sagt sie, näh' ich dir Hemden!«

»Doch nicht im Nähen lag hier die Stärke ...« bemerkte Nikolaj Petrowitsch und erklärte dem Vorsteher: »Das ist von Nekrassoff, wissen Sie – aus dem Gedicht ›Die Elegante und die Dürftige‹ ... fahr' fort, Thimothej!«

Und Thimothej fuhr fort zu sprechen; zuerst tat er sich Gewalt an, dann reizte ihn allmählich die Lüge, denn er sah, dass sie ihm von Nutzen war.

Und die, von der er sprach, lag währenddessen in der Steppe.

Гомозов не выходил из казармы до времени своего дежурства, а когда вышел, то его позвали в контору начальника, и там Николай Петрович, при хохоте Матвея Егоровича и Луки, стал расспрашивать Гомозова, как он «увлекал» свою красавицу.

— По оригинальности — это грехопадение номер первый, — сказал Николай Петрович начальнику.

— Грехопадение и есть, — хмуро улыбаясь, говорил степенный стрелочник. Он понял, что если сумеет рассказать об Арине, подтрунивая над нею, то над ним будут меньше смеяться. И он рассказывал:

— Вначале она мне все подмаргивала.

— Подмаргивала?! Ха-ха-ха! Николай Петрович, вы только вообразите, как это она, этакая р-рожа, должна была ему подмаргивать? Прелесть!

— Значит, подмаргивает, а я вижу и думаю про себя — шалишь! Потом, стало быть, говорит, хочешь, говорит, я тебе рубахи сошью!

— Но «не в шитье была тут сила»... — заметил Николай Петрович и пояснил начальнику: — Это, знаете, из Некрасова — из стихотворения «Нарядная и убогая»... Продолжай, Тимофей!

И Тимофей продолжал говорить, сначала насилуя себя, затем постепенно возбуждаясь ложью, ибо видел, что ложь полезна ему.

А та, о которой он говорил, лежала в это время в степи.

Sie war tief in das Getreidemeer hineingegangen, ließ sich dort schwer auf die Erde nieder und lag lange regungslos auf der Erde. Als aber die Sonne dermaßen ihren Rücken sengte, dass sie die brennenden Strahlen nicht mehr ertragen konnte, drehte sie sich um, die Brust nach oben, und bedeckte das Gesicht mit den Händen, um die übermäßig helle Sonne und den allzu klaren Himmel in seiner Tiefe nicht zu sehen.

Trocken rauschten die Kornähren um das Weib, welches die Schande erdrückte, und unaufhörlich zirpten besorgt zahllose Grillen. Und heiß war es. Sie versuchte sich ihrer Gebete zu erinnern und konnte nicht – vor ihren Augen drehten sich lachende Fratzen in wildem Tanze, und in den Ohren schmerzte Lukas' Tenor, schallte das spöttisch-klägliche Gewimmer des Hornes und das Gelächter. Davon oder von der Hitze wurde ihr die Brust zu eng, sie knöpfte die Jacke auf und setzte ihren Leib den Sonnenstrahlen aus, vielleicht in der Erwartung, so leichter atmen zu können. Und während die Sonne auf ihrer Haut brannte, bohrte im Innern ihrer Brust eine Empfindung, fast Schmerz und ähnlich wie Sodbrennen. Schwer atmend flüsterte sie dann und wann:

»Herrgott! ... erbarme dich ...«

Aber ihr zur Antwort ertönte nur das trockene Rascheln der Kornähren und das besorgte Zirpen der Grillen. Den Kopf über die Getreidewogen erhebend, sah sie ihr goldiges Schillern, das schwarze Rohr der Pumpe, das fern der Station in einer Schlucht aufragte, und die Dächer der Stationsgebäude. Weiter war nichts in der unermesslichen, gelben Ebene, welche die blaue Himmelskuppel bedeckte, und es war Arina, als sei sie allein auf der Erde und läge gerade in ihrer

Она вошла глубоко в море хлеба, тяжело опустилась там на землю и долго неподвижно лежала на земле. Когда же солнце накалило ей спину до того, что она уже не могла больше терпеть жгучих лучей его, она перевернулась вверх грудью и закрыла лицо руками, чтобы не видеть неба, слишком ясного, и чрезмерно яркого солнца в глубине его.

Сухо шуршали колосья хлеба вокруг этой женщины, раздавленной позором, и неугомонно, озабоченно трещали бесчисленные кузнечики. Было жарко. Попробовала она вспомнить молитвы и не могла: перед глазами у нее вертелись смеющиеся рожи, а в ушах ныл тенор Луки, раздавался вой рожка и хохот. От этого или от жары ей теснило грудь, и вот она, расстегнув кофту, подставила свое тело лучам солнца, ожидая, что так ей будет легче дышать. И в то время, как солнце жгло ее кожу, изнутри ее грудь сверлило ощущение, похожее на изжогу. Тяжело вздыхая, шептала она изредка:

— Господи!.. помилуй...

В ответ ей раздавался сухой шелест колосьев да стрекот кузнечиков. Приподнимая голову над волнами хлеба, она видела их золотистые переливы, черную трубу водокачки, торчавшую далеко от станции, в балке, и крыши станционных построек. Больше ничего не было в необъятной желтой равнине, покрытой голубым куполом неба, и Арине казалось, что она одна на земле, лежит в самой середине ее и уж никто никогда

Mitte und keiner komme jemals mehr, die Last ihrer Einsamkeit zu teilen, – niemand, niemals ...

Gegen Abend hörte sie Rufe:

»Arina–a! Arischka, Teu–eufel! ...«

Die eine war Lukas' Stimme, die andere – des Soldaten. Es verlangte sie, die Dritte zu hören, aber die rief sie nicht, und da weinte sie reichliche Tränen, die schnell über ihre narbigen Wangen auf die Brust rannen. Sie weinte und rieb die nackte Brust auf der trockenen, warmen Erde, um dies Brennen, das sie immer stärker peinigte, zu betäuben. Sie weinte und schwieg, ihr Stöhnen unterdrückend, als fürchte sie, dass jemand sie hören und ihr verbieten könne, zu weinen.

Als dann die Nacht hereinbrach, stand sie auf und ging langsam nach der Station.

An die Stationsgebäude gelangt, lehnte sie sich mit dem Rücken an die Kellerwand und stand dort lange, in die Steppe hinaussehend. Güterzüge erschienen und verschwanden – sie hörte, wie der Soldat den Kondukteuren von ihrer Schande erzählte, und wie sie lachten. Die Nacht war still und mondhell ... das Lachen schallte weit über die öde Steppe, wo die Pfiffe kaum hörbar ertönten.

»Gott! Erbarme dich ...« seufzte das Weib, sich dicht an die Wand schmiegend. Aber diese Seufzer erleichterten nicht die Last, die ihr Herz bedrückte.

Gegen Morgen schlich sie sich vorsichtig auf den Boden der Station und eine Schlinge aus der Leine machend, auf welcher sie die von ihr gewaschene Wäsche zu trocknen pflegte, erhängte sie sich dort.

не придет разделить тяжесть ее одиночества, — никто, никогда...

К вечеру она услыхала крики:

— Арина-а! Аришка, че-ерт!..

Один голос был голосом Луки, другой — солдата. Ей хотелось услышать третий, но он не позвал ее, и тогда она заплакала обильными слезами, быстро сбегавшими с ее рябых щек на грудь ей. Плакала она и терлась голой грудью о сухую теплую землю, чтобы заглушить эту изжогу, всесильнее терзавшую ее. Плакала и молчала, сдерживая стоны, точно боялась, что кто-нибудь услышит и запретит ей плакать.

Потом, когда наступила ночь, встала и медленно пошла на станцию.

Дойдя до станционных построек, она прислонилась спиной к стене погреба и долго стояла тут, глядя в степь. Являлись и исчезали товарные поезда; она слышала, как солдат рассказывал кондукторам о ее позоре и кондуктора хохотали. Хохот далеко разносился по пустынной степи, где чуть слышно свистали суслики.

— Господи! помилуй... — вздыхала женщина, плотно прижимаясь к стене. Но вздохи эти не облегчали тяжести, давившей ей сердце.

Под утро она осторожно пробралась на чердак станции и там повесилась, устроив петлю из веревки, на которой сушила выстиранное ею белье.

Nach zwei Tagen wurde Arinas Leiche infolge des Geruchs gefunden. Anfangs erschraken alle, dann fingen sie an zu erörtern, wer daran schuld sei? Nikolaj Petrowitsch bewies unumstößlich, dass – Gomosoff schuld sei. Da gab ihm der Stationsvorsteher in die Zähne und befahl ihm drohend, zu schweigen.

Das Gericht erschien, es wurde eine Untersuchung angestellt, und es ergab sich, dass Arina an Schwermut gelitten hatte ... Die Arbeiter des Bahnmeisters wurden beauftragt, sie in die Steppe zu bringen und dort einzugraben. Als dies geschehen war – herrschte wieder Ordnung und Ruhe auf der Station.

Und wieder fingen ihre Bewohner an vier Minuten im Tage zu leben, vor Langerweile und Einsamkeit, vor Nichtstun und Hitze vergehend, mit Neid den an ihnen vorüberfliegenden Zügen nachsehend.

...Und im Winter, wenn Schneestürme mit Heulen und Brausen über die Steppe ziehen, die kleine Station mit Schnee und wilden Lauten überschüttend – dann wird für die Stationsbewohner das Leben noch langweiliger.

Через два дня по запаху трупа Арину нашли. Сначала все испугались, потом стали рассуждать, кто виноват в этом деле? Николай Петрович неопровержимо доказал, что виноват — Гомозов. Тогда начальник станции дал стрелочнику в зубы и грозно велел ему молчать.

Явились власти, произвели следствие. Выяснилось, что Арина страдала меланхолией... Рабочим дорожного мастера было поручено свезти ее в степь и там закопать. Когда же это было исполнено — на станции снова воцарились порядок и спокойствие.

И снова ее обитатели начали жить по четыре минуты в сутки, изнывая от скуки и безлюдья, от безделья и жары, с завистью следя за поездами, пролетавшими мимо них.

...А зимой, когда по степи с воем и ревом носятся вьюги, осыпая маленькую станцию снегом и дикими звуками, — обитателям станции живется еще скучнее.